金字塔學習法

The Pyramid Method

自然易學美語發音法

Answer Key / Word List

U0065005

The Natural and Easy Way for Learning English Phonics

Geoffrey S. Ricciardi
Jih-Xian Lin

自然易學美語發音法-金字塔學習法

第一冊教學指引

　　金字塔學習法是特別爲學習美式自然發音（看字拼音法）而編成的。然而在台灣，K.K.仍是主要的發音系統，所以本書附有K.K.與自然發音法的對照表以方便讀者參考。

　　自然發音法與K.K.音標是相輔相成的，兩者所發的音都是一樣的。自然發音法最大的益處在於了解發音法的規則，使用者將不須藉由符號就能將一字的音拼出來，因爲他已了解了發音的結構。自然發音法不會增加學生的負擔，相反的，它是進入K.K.音標法的跳板。此外，它對日後學生們必須背誦生字時，也會有事半功倍的效果。

　　本書所附的教師手冊，是授課者必備的生字表，方便您熟悉本書的練習編排設計及用字，它同時也提供了所有必備的發音常識及說明。

P.01-06　　學習認識與書寫字母，請特別注意"N"的發音。

P.07-26　　學習子音的字首音與字尾音，包括"C"與"G"的重要規則。

P.27-28　　複習與練習字首與字尾子音的聽寫能力。

P.29-30　　以學習活動與遊戲加強複習子音。

P.31-34　　每個短、長母音的編排都是由介紹該母音的發音規則開始，再配合五項不同的練習而組成的。

五大母音　　五大母音的短音與長音，就在這五項練習爲一循環中呈現出來，希望建立學生對發音的信心。

P.31　　這兩項練習讓學生在各式母音中辨識出正確的母音來。

P.32　　這項練習是學生第一次做圖片與一個完整的字的聯想。學生結合他們的聽力、發音規則與字彙能力來完成此項練習。

P.33　　學生在有提示字的情況下，學習將子音與母音拼寫出來。此項練習是建立學生把字拼出音來的開端。

P.34　　延續上一頁的練習，不同的是在這一頁的練習中完全不提示任何字※除非是無聲或尚未教到的音。

閱讀練習　　利用所學的音讀出完整的句子。

P.80-81　　這兩頁的設計是希望以有趣的方式來複習短、長母音。不要太強調時間的快慢，而是注意學生們發音的清晰度。

P.82-83　　這兩頁基本上就是綜合短、長母音的小測驗，讓授課者了解學生對於五大基本母音的發音有無任何問題。

字彙　　本表提供使用者認識完全以美式字典爲基準的音標標示。它的用意是要讓大家了解不需特殊符號也能輕鬆容易地拼出音來。這項音標標示法絕對不是創新的，它是美式發音系統的音標標示法，與國內目前使用的K.K.音標不衝突。

自然易學美語發音法-金字塔學習法

第二冊教學指引

P.01-02　在學習了五大基本短、長母音與完成了第一冊之後，第二冊以兩頁複習活動來加強第一冊所學的規則。此項複習活動（P.1-P.2）其實可視爲是一項測驗；用來確認學生們對第一冊所學的規則之理解程度。

P.03-38　自此以後，第二冊的重點在於所有的複合音、雙母音、混合音以及所有的其他音。這些音都是自然發音常用的音組（由二或三個字母所組成）而且易懂易學。

P.39-44　雖然字尾變化與文法有關，但這幾頁的主要重點在於不同的字尾變化會有不同的發音。當然這些發音變化與文法變化有關，這些文法規則自然也不容忽視。

P.41　　 教授本頁時，請參考教師手冊中關於<u>有聲音</u>與<u>無聲音</u>的對照表。

P.45　　 縮寫式是常用的語法。本頁列出了日常最常用的縮寫式，請加強練習它的正確發音。

P.47　　 音節是以一個字中的母音數來決定的，其中包括了複合母音與雙母音（複合音或雙母音應視爲一個母音）。然而要特別注意的是，不發音的母音不可視爲一個音節。

P.48　　 簡單介紹反義字、同音字、同義字。

P.49　　 本故事的用字是運用所有之前所學的規則而寫成的。教師應鼓勵學生利用發音規則把字唸出來，而不要太在意他們對字義的了解與否。正確的發音與了解發音的規則是終極目標。

　　　　 ※以上是本教材的基本教學大綱。如蒙貴校（班）大量訂購，我們將派員到校舉辦發音教學研討會，提供教授發音課程之教師完整的訓練，並提供每週課程時間安排的參考與實用發音教學之<u>活動</u>與<u>遊戲</u>。

發音教學是英語教學中的重要一環。選擇適合國人的教材，奠定穩固的發音基礎，您的學子將不再視開口說英文爲畏途。

THE NATURAL AND EASY WAY FOR LEARNING ENGLISH PHONICS
THE PYRAMID METHOD

Book One: Overview

The Pyramid Method has been especially designed for non-native students to learn correct English pronunciation the American way, by <u>learning the rules</u> of sounding out words. Carefully structured, the order of presentation of this material is the result of long hours of thought and years of firsthand classroom experience. To use this material effectively, as a teacher or a student of the material, your first goal should be to acquaint yourself with this order. One further note, in Taiwan, Kenyon and Knotts, or K.K., is used, so there are convenient references to K.K., included where appropriate. The **Teacher's Guide** functions as a word list and gives specific notes on certain rules and exceptions.

P 1 – 6   To learn to write and recognize the Alphabet.

P 7 – 26   To learn the beginning and ending sounds of consonants, including the important rules of "Cc" and "Gg".

P 27 – 28   Review and practice beginning and ending consonants.

P 29 – 30   Review and practice beginning and ending consonants with reinforcement activities and games.

P 31 – 34   Each vowel section is designed using 5 different drill patterns, each pattern begins by introducing phonetic rules systematically in both English and Chinese.

The Five Vowels: Five sections, one for each of the individual vowels: **Aa, Ee, Ii, Oo, Uu,** repeat the same cycle of four drill techniques designed specifically to instill confidence in pronunciation. In addition, each of the five sections also include **Reading Pages**. These follow below as item V.

I.   In these two drills students practice distinguishing between each of the 5 specific short vowel sounds and the 5 long vowels sounds. (Pages for each of the vowel sounds: **Aa** 31, 35, **Ee** 41, 45, **Ii** 51, 55, **Oo** 61,65, **Uu** 71, 75.)

II.   Students integrate their listening skills, pronunciation, and knowledge of vocabulary with an interactive picture and word association exercise. (Pages for each of the vowel sounds: **Aa** 32,36, **Ee** 42, 46, **Ii** 52,56, **Oo** 62,66, **Uu** 72.)

III.   Students learn to put the consonants and vowel sounds together. This drill establishes the beginning of students learning to sound out words. (Pages for each of the vowel sounds: **Aa** 33, 37, **Ee** 43, 47, **Ii** 53, 57, **Oo** 63,67, **Uu** 73, 76.)

IV.   Building on the previous drill, this drill is used to reinforce and enable students to completely sound out the word. Clues are give when appropriate. (Pages for each of the vowel sounds: **Aa** 34, 38, **Ee** 44, 48, **Ii** 54, 58, **Oo** 64,68, **Uu** 74,77.)

V.   **Reading Pages:** At the end of each vowel sound, students <u>immediately</u> learn how to read and write with humorous short sentences.

P 80-81   These pages are designed as a fun way of reviewing the short and long vowel sounds. Don't concentrate so much on the time because the emphasis is on the clarity of speech.

P 82-83   These pages are basically a way teachers and students of pronunciation to check their progress in review.

Glossary Provides the phonetic spelling for each word exactly in the same manner as any American dictionary would. It is meant to show how easy it is to sound out words without specials symbols.

This system of pronunciation is not new. It is the system of pronunciation that has been and continues to be the American standard used in most schools throughout The United States. **The Pyramid Method** arranges this material in format designed especially for ESL students.

THE NATURAL AND EASY WAY FOR LEARNING ENGLISH PHONICS
THE PYRAMID METHOD

Book Two: Overview

P 1–2   After completing Book One and learning the short and long vowel rules, Book Two starts with a review to reinforce the material taught in Book One. This is really a diagnostic evaluation, or a test, to check students level off comprehension and knowledge.

P 3-38   The remainder of Book Two focuses on all the **sounds, digraphs , diphthongs,** and **blends.** These pages are self-explanatory and easy to follow.

P 39-44   This section serves two purposes. First it is a clear, concise review of all the sounds learned up to this point. Secondly, it serves as a pronunciation and grammar guide. But, the main focus is on the correct pronunciation and the learning the rules of suffixes.

P 41   <u>Please refer the unique chart included on Page One of the Teacher's Guide</u> under "Special Notes" for the correct pronunciation of Voiced and Voiceless past tense sounds.

P 45   Contractions are used on a daily basis. The most frequently used along with their correct pronunciations are presented here.

P 47   Syllables are determined by the number of vowels including **diagraphs** and **diphthongs;** Emphasis should be on preventing the common pronunciation error of pronouncing **Silent "Ee"** endings (i.e. "Orange", not "Orangee").

P 48   A brief introduction of Antonyms, Homonyms, and Synonyms.

P 49   **Final Reading: The Capstone of The Pyramid Method.** Presented as a story, this final reading includes ALL of the material previously taught in Books One and Two. Students should first be encouraged to sound out the words, rather than worry about the meaning of the story. Correct pronunciation and understanding of the rules is the main focus.

Teacher's Note

English spelling is full of inconsistencies, which are part of its history. Old English and Middle English were completely phonetic in their spelling, and modern English still uses these spellings, despite the fact that our pronunciation of the words may have changed.

It's more important to know the general rule provided in these books for a certain spelling than to worry about the exceptions to the rule. Native speakers of English themselves learn the exceptions by trial and error. Listen to the tapes for the correct pronunciation.

Special Notes

▲ Emphasize that "Ll", "Mm", "Nn", and "Rr" have different <u>beginning</u> and <u>ending</u> sounds.

▲ To help students remember the short vowel sound, write the words:

<u>a</u>t-<u>e</u>gg-<u>i</u>t-<u>o</u>x-<u>u</u>p

Have students only say the vowel sound.

▲ On page 41, the meaning of **voiced** and **voiceless** sounds:

Voiced	b	d^Δ	g	v	z	ge	j	l	le	m	n	r	w	y	and	vowels
Voiceless	p	t^Δ	k	f	s	ch	c	gh	h	ph	q	sh	x			

^ΔPlease refer to rule 1 on page 41.

▲ Remember **long vowel rule 2** also applies to words with more than one syllable. On page 47, the idea is to have students **sound out the word** by using the rules previously taught.

Some examples are:

v<u>a</u>-c<u>a</u>-tion

<u>e</u>-ven

s<u>i</u>-lent

r<u>o</u>-man-tic

st<u>u</u>-dent

▲ For additional practice where it's appropriate, have students pronounce the other words in the box.

▲ For homework, have students look up words unknown to them in the glossary.

給 老 師 的 話

　　英文拼字與讀法的不規則性有其歷史淵源。古英文與中古英文在拼字與發音上是相當規律的；也就是說讀者可以看字讀音。然而現代英文儘管字的發音已與古英文不儘相同，我們仍然沿用舊有的拼法。

　　因此熟知本書所列的發音規則是比較重要的。至於發音上的例外，則不必過於擔心。因為即使是母語人士，他們也是經由"嘗試"與"錯誤"後漸漸得知這些例外情形。

重 點 提 示

▲強調 "Ll","Mm","Nn", 和 "Rr" 這四個子音的發音；<u>因位置前後</u>而有所不同。

▲爲了幫助學生了解短母音，您可以在黑板上寫出：

at-egg-it-ox-up

只要求學生說出母音的部分即可。

▲在41頁，有聲（子音）與無聲（子音）的意義如下：

有聲	b	ᐃd	g	v	z	ge	j l e m n r w y and vowels
無聲	p	ᐃt	k	f	s	ch	c gh h ph q sh x

　　ᐃ"d" 和 "t" 結尾的字，變過去式的正確發音，請參看第41頁的規則 1。

▲**長母音規則 2** 也適用於一個音節以上的字，在47頁中，本頁的用意是要學生運用以前所學過的規則，練習將字**說出來**。

　　例子如下：

va-ca-tion
e-ven
si-lent
ro-man-tic
stu-dent

▲在適當的地方，您可以要求學生念出課本上圖片周圍的字，作爲額外的練習。

▲您可以要求學生在字彙表中找出他們不認識的字，作爲回家功課。

▲如果您有任何疑問與建議，歡迎與我們連絡。謝謝！

Book 1

Answer Key / Word List 答案名稱表

page 7

(T) **b**oy; pig; **b**ox; **b**ib; cap; **b**ag
bell; **b**oat; dog; **b**at; hand; **b**ug

(B) tu**b**; tu**b**e; bird; cra**b**; ten; we**b**
bus; bi**b**; kno**b**; ca**b**; bat; ball

page 8

(T) **c**at; fish; **c**up; dog; **c**ab; **c**ake
clock; **c**omb; pencil; house; **c**oat; frog

(B)

face	cup	celery	pencil
cat	circle	corn	fence
mice	coins	city	cymbals

(circled: face, celery, pencil, circle, fence, mice, city, cymbals)

page 9

(T) circle   pencil   cake
cap   mice   city
dice   fence   face
comb   coins   celery

(B) 1. celery   2. cab   3. city   4. corn
5. coat   6. cymbals   7. cuff   8. circle

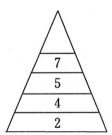
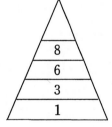

page 10

(T) **d**og; **d**oor; bird; **d**art; tree; **d**ive
hat; **d**esk; **d**ots; clock; **d**oll; **d**uck

(B) be**d**; yo-yo; hea**d**; blackboar**d**; fish; roa**d**
bir**d**; han**d**; frog; pencil; brea**d**; lamp

page 11

(T) **f**ish; circle; **f**ive; **f**ork; big; **f**ire
fox; **f**eet; ball; **f**an; **f**our; dog

(B) lea**f**; pen; kni**f**e; bug; gira**ff**e; duck
pizza; roo**f**; glass; cu**ff**; scar**f**; kite

(T)top(上) (B)bottom(下) (R)right(右) (L)left(左)

page 12

(T) **g**ate; **g**lass; spoon; **g**un; comb; **g**oat
eight; **g**rapes; **g**oose; umbrella; **g**irl; kite

(B) pi**g**; boat; ba**g**; fla**g**; watch; fro**g**
bu**g**; cap; plu**g**; shorts; do**g**; ta**g**

page 13

gem	glass	cage
gum	giraffe	orange
frog	stage	goat
gym	guitar	badge
hot dog	bridge	general

(circled: gem, cage, giraffe, orange, stage, gym, badge, bridge, general)

page 14

(T) cage   gate   gem
guitar   gym   stage
bag   general   goat
bridge   glass   giraffe

(B) 1. stage   2. gym   3. gum   4. gate
5. general   6. goat   7. giraffe   8. guitar

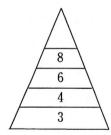
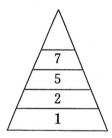

page 15

(T) **h**at; table; **h**ead; **h**amburger; bat; **h**air
house; **h**and; bag; **h**ose; **h**ot dog; dress

(B) **j**eep; flower; **j**uice; **j**og; pencil; **j**ug
chair; **j**ar; **j**udge; desk; **j**acket; **j**ump (rope)

page 16

(T) **k**ite; three; **k**ey; eraser; **k**angaroo; hat
kitchen; **k**ing; yo-yo; **k**ettle; hen; **k**oala

(B) duc**k**; boo**k**; table; bloc**k**; car; mil**k**
for**k**; clouds; cloc**k**; des**k**; kite; soc**k**

-8-

page 17

(T) leg; vine; lamp; leaf; orange; lips
log; lion; twelve; lines; lake; ladder

(B) pencil; tail; wall; sun; bell; spider;
nail; chair; mail; owl; comb; doll

page 18

(T) moon; money; orange; milk; ruler; man
tree; mop; monkey; sandwich; mail; door

(B) arm; nine; groom; moon; comb; drum
shorts; swim; room; lion; ten; broom

page 19

(T) nine; nest; hand; net; mail; nuts
nail; money; nose; monkey; needle; marker

(B) ten; drum; spoon; comb; pen; sun
nest; men; bus; fan; ladder; train

page 20

(T) pig; pizza; dog; bird; pen; bed
pillow; glass; pears; pipe; bag; pin

(B) cup; big; soap; cap; web; top
tip; jeep; bib; mop; lamp; crab

page 21

quiet; frog; quarter; queen; eraser; question

page 22

(T) ruler; six; ring; rabbit; rope; dress
rock; road; dart; rain; five; roof

(B) chair; door; doll; pear; bell; four
ball; ear; hair; dog; deer; wall

page 23

(T) seven; bus; stove; kite; stop; sandwich
eraser; swim; sun; nurse; seal; sleep

(B) bus; eraser; cross; grapes; blackboard; glass
shorts; flower; desk; lips; lion; dress

page 24

(T) table; teacher; belt; dice; fish; tacks
tail; pizza; toilet; ten; pencil; turkey

(B) hat; bird; bat; cat; rod; tent
sit; eight; bike; dart; bed; fruit

page 25

(T) van; circle; violin; vase; dive; valentine
vine; volcano; glove; vowels; vest; leaf

(B) five; leaf; rabbit; glove; desk; stove
cuff; dive; sleeve; knife; cave; twelve

page 26

(TL) watch; toys; window
torch; witch; web

(TR) box; six; glass
fox; shorts; ox

(BL) yo-yo; pill; yard
eagle; yolk; yarn

(BR) zoo; zebra; eraser
zero; pie; zipper

page 27

book	dog	kite
pig	sun	nine
hand	guitar	bug
cake	comb	goat
pipe	doll	lion

page 28

rabbit	vase	star
belt	knife	lamp
zebra	desk	hat
well	frog	van
jacket	ten	web

page 29 (TL)

Note: Have students write the correct letter
in the box.

n

net	mop	pizza	dart
needle	nail	name	nurse
pillow	pipe	nine	nuts
zebra	zipper	zoo	nest

page 29 (TR)

toys	test	hoe	rabbit
lamp	ladder	lips	lake
mail	map	mouse	monkey
six	sock	swim	pencil

page 29 (BL)

clo**ck**	door	car	ha**nd**
fan	du**ck**	roa**d**	pig
bus	blackboar**d**	for**k**	dice
hea**d**	bread	rod	ca**k**e

page 29 (BR)

~~cu**ff**~~	~~roo**f**~~	~~lea**f**~~	~~gira**ff**e~~
box	bug	seven	cap
tag	bag	leg	ball
~~dar**t**~~	~~ba**t**~~	~~boa**t**~~	~~fee**t**~~

page 30 (TL)

fork	nail	**p**encil	boat
~~**p**ears~~	~~**p**izza~~	~~**p**lug~~	~~**p**illow~~
quarter	yolk	**p**ig	lion
bib	coat	**p**ipe	corn

page 30 (TR)

harp	cup	crab	vine
~~**v**ase~~	~~**v**est~~	~~**v**an~~	~~**v**olcano~~
jug	violin	book	cat
~~**w**indow~~	~~**w**atch~~	~~**w**eb~~	~~**w**ell~~

page 30 (BL)

glas**s**	dots	clock	pi**p**e
bu**s**	house	door	to**p**
short**s**	dress	pencil	soa**p**
grape**s**	apple	six	mo**p**

page 30 (BR)

bib	tube	web	wa**ll**
needle	lion	do**ll**	plug
~~nai**l**~~	~~ba**ll**~~	~~mai**l**~~	~~ow**l**~~
gir**l**	dive	drum	nest

page 31

(T) (cat)　dog　(apple)　(map)
　　pig　(bag)　eggs　log
　　(cap)　pen　(tag)　(hat)
　　sock　(flag)　(tack)　(fat)

(B) c**a**t; seven; fl**a**g; h**a**t; bird; b**a**g
　　b**a**t; **a**pple; bell; t**a**g; b**a**ck; eggs

page 32

cab	cat	bag
bat	cap	apple
map	tag	flag
mat	tack	ax
back	fat	hat

page 33

cat	flag	back	cab
cap	tack	bat	tag
flat	bag	mat	sad
fat	ax	hat	map

page 34

tag	map	flat	cap
fat	tack	flag	hat
back	bat	cat	bag
mat	ax	cab	sad

page 35

(T) (cake)　(rain)　(hay)　ring
　　flat　(tape)　hat　mat
　　(train)　cat　(cane)　(cave)
　　(grapes)(mail)　cap　(gate)

(B) m**ai**d; sad; v**a**se; c**a**ne; fat; c**a**pe
　　l**a**ke; h**ay**; bat; t**a**pe; car; r**a**ke

page 36

tape	gate	cake
hay	maid	pray
lake	train	rake
sail	cane	mail
grapes	vase	rain

page 37

gate	hay	train	cane
rain	tape	mail	lake
cake	vase	play	name
grapes	bay	rake	cape

page 38

cane	rain	vase	nail
grapes	lake	hay	tape
rake	train	name	pray
cake	play	gate	mail

page 41

(T)

(egg)	(leg)	bag	hat
(vest)	dog	(net)	pig
(bed)	(ten)	sun	(desk)
(edge)	map	(pen)	(web)

(B) bed; fish; nest; desk; log; men

flag; net; can; vest; belt; fan

page 42

well	desk	dress
pen	bell	egg
bed	ten	web
men	net	vest
pencil	leg	check

page 43

egg	pen	cap	bed
tag	web	desk	leg
bell	flag	hen	hat
hand	net	test	men

page 44

bed	ten	desk	web
bell	net	men	egg
dress	leg	test	tent
vest	hen	well	nest

page 45

(T)

(jeep)	(leaf)	train	(team)
bed	(sleep)	rake	(deer)
cape	leg	(key)	(meat)
(tree)	test	(seal)	(peas)

(B) feet; beet; lake; weeds; men; bee

mail; teeth; well; cab; beak; cheese

page 46

beans	jeep	deer
beak	key	meat
beet	seal	bee
queen	tree	cheese
teeth	weeds	three

page 47

beak	rake	tape	key
seal	bee	leaf	cave
beans	feet	lake	jeep
meat	rain	peas	hay

page 48

bee	beans	key	teeth
beak	seal	jeep	leaf
sleep	beet	meat	feet
team	peep	deer	queen

page 51

(T)

(sit)	tent	(pig)	(big)
cab	(slip)	belt	(pill)
(switch)	fat	(fish)	sad
(tip)	(lips)	nest	(list)

(B) fist; map; milk; leg; six; ship

whip; hand; badge; bib; test; bridge

page 52

lips	slip	witch
fist	switch	big
fish	pig	milk
six	bridge	tip
bib	ink	list

page 53

tip	big	cab	slip
web	bib	witch	net
desk	milk	tag	fish
list	flag	six	lips

page 54

bib	six	tip	list
fish	slip	lips	pig
ink	big	ship	pill
fist	sit	milk	whip

page 55

(T) kite	bike	bag	cape
tree	vine	tag	pie
rice	fist	tie	beak
five	dice	vase	pipe

(B) lines; tail; nine; tire; sad; slide
feet; dive; lips; mice; fire; tent

page 56

kite	mice	sit
bike	dice	pipe
nine	dive	fire
vine	tire	five
rice	tip	slide

page 57

cave	dive	leaf	vine
five	rice	lake	dice
tie	fire	kite	meat
nine	tape	tree	pipe

page 58

kite	pipe	tie	bee
fire	rake	nine	bike
vine	five	tire	name
rice	dive	hay	dice

page 61

(T) ox	box	swing	lock
cab	fox	top	gem
sock	eight	fan	frog
hen	rock	rod	pill

(B) hot; badge; dots; belt; stop; jog
hand; cross; map; mop; tent; block

page 62

rod	rock	top
box	dog	ox
mop	frog	lock
log	doll	hot
socks	dots	jog

page 63

mop	hot	pen	box
fat	ox	top	egg
log	bed	jog	sock
slip	fox	ten	stop

page 64

top	fox	web	sock
jog	list	mop	box
ax	dots	hot	lock
back	vest	rod	frog

page 65

(T) nose	boat	sad	hose
dice	rope	coat	cage
toe	bone	log	goat
soap	cave	list	stove

(B) robe; tack; cone; rose; ring; hoe
road; test; note; rod; tie; hose

page 66

road	cone	rose
hoe	soap	bone
nose	robe	boat
goat	stove	toe
rope	coat	hose

page 67

robe	cape	nose	bone
team	coat	pipe	toe
stove	kite	goat	beak
soap	meat	tape	boat

page 68

rope	bone	coat	toe
soap	cape	stove	robe
cone	goat	road	meat
hoe	pipe	note	boat

page 71

(T) up   cup   duck   fat
bell   nut   pin   sun
bus   cap   brush   top
bib   bug   bed   cut

(B) j**u**g; dress; t**u**b; pl**u**g; sit; g**u**m
list; g**u**n; mop; tr**u**ck; tack; c**u**ff

page 72

sun	cup	bug
brush	drum	plug
tub	nut	gum
cut	duck	gun
truck	jog	bus

page 73

bug	duck	ten	fish
jug	mop	tub	hat
desk	truck	plum	rock
plug	sit	up	nut

page 74

up	cup	rod	bug
nest	plug	bus	tub
gum	brush	bib	jug
duck	truck	cut	map

page 75

(T) cube   tape   duke   feet
hose   juice   tube   dice
mule   rope   rice   fuse
key   tune   gate   June

(B) d**u**ke; bug; hoe; vest; j**u**ice; vine
t**u**be; tub; c**u**be; pin; tree; t**u**ne

page 76

tune	lake	jeep	June
boat	cube	tube	five
rice	fuse	juice	nose
duke	teeth	tape	mule

page 77

rain	tube	nine	tune
cube	hay	duke	dive
road	feet	slide	fuse
juice	rope	mule	cane

page 82

1. si**x**   2. n**u**ts   3. r**o**d   4. b**u**g   5. f**a**t
6. b**a**t   7. l**i**ps   8. pl**u**g   9. n**e**t   10. t**i**p
11. c**u**p   12. **a**x   13. w**e**ll   14. p**i**g   15. b**o**x
16. p**e**n   17. cl**o**ck   18. c**a**p   19. r**o**ck   20. j**u**g
21. t**o**p   22. v**e**st   23. sl**i**p   24. fl**a**g   25. b**e**d

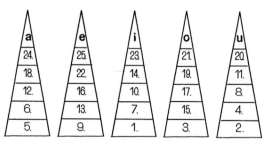

page 83

1. b**o**ne   2. d**i**ce   3. c**a**ge   4. r**o**ad   5. l**ea**f
6. r**i**ce   7. c**a**ne   8. c**o**at   9. m**ai**l   10. c**u**be
11. h**a**y   12. d**u**ke   13. k**e**y   14. j**u**ice   15. v**i**ne
16. t**u**ne   17. b**ee**t   18. f**i**ve   19. j**ee**p   20. r**o**pe
21. m**ea**t   22. h**o**e   23. t**u**be   24. p**i**pe   25. c**a**pe

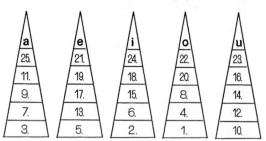

page 1

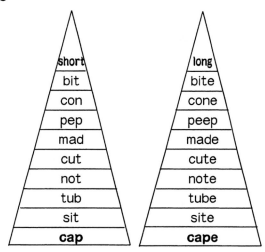

short: bit, con, pep, mad, cut, not, tub, sit, **cap**

long: bite, cone, peep, made, cute, note, tube, site, **cape**

page 2

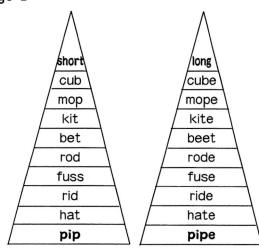

short: cub, mop, kit, bet, rod, fuss, rid, hat, **pip**

long: cube, mope, kite, beet, rode, fuse, ride, hate, **pipe**

page 3

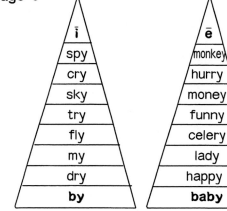

ī: spy, cry, sky, try, fly, my, dry, **by**

ē: monkey, hurry, money, funny, celery, lady, happy, **baby**

page 4

(T) light   night   right
     find   grind   blind

(B) gold   cold   hold
     fold   sold   old

page 5

(T) (zoo)   chair   (boots)   (moon)
     ring   (roof)   cup   (spoon)
     (stool) (balloons) nuts   mouse
     (cooler) (tooth)   rock   (broom)

(B) moon   stool   roof   boots
     broom   spoon   tooth   zoo
     balloons goose   cooler   pool

page 6

(T) (book)   rope   (foot)   (hood)
     broom   (woods)   (look)   stool
     (brook) spoon   pool   (cookies)
     cooler   (hook)   duke   (cook)

(B) cook   tooth   foot   woods
     zoo   brook   hood   broom
     hook   pool   look   cookies

page 7

(T) (saucer) (draw)   vowels   (saw)
     maid   (paw)   (claw)   hood
     (faucet) (daughter) blocks   (straw)
     (sausage) (awning) (jaw)   bread

(B) saucer   saw   claw   yawn
     paw   faucet   straw   jaw
     daughter sausage   draw   awning

page 8

(T) (bread) straw   top   (breakfast)
     moon   (feather) (sweat)   hook
     (head)   tooth   (bear)   goose
     cake   (sweater) boots   (thread)

(B) bear   paw   sweater   bed
     feather head   web   breakfast
     net   thread   bread   sweat

page 9

(T) ball   small   wall
     chalk   talk   walk

(B) screw   flew   blew
     grew   crew   brew

page 10

(T) **ch**eese; pin; **ch**ain; **ch**opsticks; sweater; **ch**icken
pears; ben**ch**; **ch**air; feather; pea**ch**; chur**ch**

(B) chair   chest   chin   chopsticks
church   check   chimney chain
cheese   peach   bench   chicken

page 11

(T) **sh**ark; chain; **sh**ower; **sh**oulder; house; **sh**ells
scissors; fi**sh**; **sh**opkeeper; cheese; **sh**irt; **sh**rimp

(B) shorts   brush   ship   fish
shirt   shower   shopkeeper shave
shells   sheep   shoulder   shrimp

page 12

(T) three   thumb   throw
path   tooth   bath

(B) mother feather this
that   father   weather

page 13

(T) **wh**ale; **wh**eel; shells; **wh**iskers; **wh**eat; scissors
whip; teeth; **wh**isper; chicken; **wh**isk; **wh**istle

(B) wheat   check   whale   wheel
sheep   whiskers whip   thirty
whistle whisper thread whisk

page 14

(T) laugh   cough   enough
phone   graph   trophy

(B) 1. ch   2. gh   3. al   4. $\overline{oo}$ 5. oo
6. th   7. sh   8. ea   9. aw   10. ph

page 15

(T) c**an**; top; m**an**; bed; h**an**d; f**an**
jug; v**an**; hoe; st**an**d; fist; c**an**dle

(B) h**am**; l**am**p; ink; f**am**ily; fox; st**am**p
frog; cut; c**am**p; hen; j**am**; d**am**

page 16

(T) d**art**; slide; st**ar**; c**ar**; **ar**ch; f**arm**
bear; **ar**m; m**ar**ker; boat; c**ard**; b**arn**

(B) star   card   dam   barn
yard   garden farm   can
stamp   yarn   fan   harp

page 17

(T) h**orse**; dart; t**or**ch; yard; f**or**k; harp
sh**or**ts; c**or**k; goat; h**or**n; nose; sc**ore**

(B) fork   corn   horse   torch
orange door   score   floor
cork   horn   shorts   store

page 18

(T) h**erd**; horn; g**erm**; cork; f**ern**; cl**erk**
arm; s**er**vant; hand; t**er**mites; yarn; m**er**maid

(B) b**ir**d; b**ir**thday; score; sk**ir**t; fork; sh**irt**
arch; g**irl**; st**ir**; yard; th**ir**ty; card

page 19

(T) n**ur**se; forty; c**urb**; corn; card; t**ur**tle
torch; ch**ur**ch; store; t**ur**key; farm; p**ur**se

(B) dollar   teacher doctor
collar   ruler   mirror

page 20

shirt   purse   herd
squirrel nurse   bird
skirt   fern   turtle
church   thirty mermaid
termites curb   stir
girl   ruler   turkey

page 21

(T) (oil) (boy) thread (boil)
turtle (coil) dart   (toys)
(coins) forty (point) horn
(noise) (soil) feather (poison)

(B) toys   boy   coil   boil
toilet   coin   noise   soil
point   oil   poison joint

page 22

(T) (house) (owl) joint (clown)
(mouse) (flower) (vowels) claw
rock   (mouth) ship   (towel)
(crown) yawn (shower) coins

(B) vowels crown blouse mouse
flower   house   towel   snout
shower mouth cloud   owl

page 23

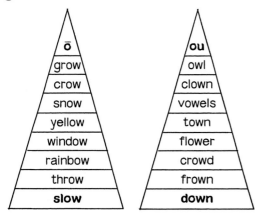

page 24

1. au	2. an	3. er	4. ph	5. oo
6. ea	7. gh	8. th	9. ew	10. ch

1. wh	2. or	3. ōo	4. oy	5. ou
6. am	7. ir	8. ar	9. oi	10. ur

page 25

(T) knob knife knee
knuckle knock knot

(B) wreath wrap wrench
write wrinkles wrist

page 26

(T) eight daughter bought
right straight night

(B) comb thumb bomb
climb tomb lamb

page 27

(T) watch switch match
kitchen witch pitcher

(B) badge page orange
bridge wedge stage

page 28

(T) app**le**; zoo; tab**le**; knuck**le**; cooler; kett**le**
triang**le**; need**le**; turt**le**; milk; cand**le**; eag**le**

(B) table kettle apple knuckle
triangle needle turtle noodles
vegetables eagle whistle candle

page 29

(T) sing king string
think tank ink

(B) television collision confusion
treasure measure pleasure

page 30

(T) station information vacation
graduation invitation expiration

(B) picture acupuncture signature
temperature nature furniture

page 31

(T) **bl**ouse; **cl**own; **fl**ute; **bl**ade; **cl**aw; **fl**y
clouds; **fl**oor; **bl**ocks; **cl**ock; **fl**ag; **bl**ackboard

(B) flower blocks clouds flag
clock clown fly blackboard
blouse floor blade claw

page 32

(T) **gl**ue; **pl**ug; **sl**eep; **gl**ass; **pl**ums; **sl**eeve
play; **sl**ide; **pl**ate; **gl**obe; **sl**ot; **gl**oves

(B) globe slot glider plate
slide play sleep plums
plug glass glue sleeve

page 33

(T) **br**ead; **cr**ab; **dr**um; **br**ush; **dr**ess; **cr**oss
crown; **dr**apes; **br**idge; **dr**aw; **cr**y; **br**oom

(B) breakfast drink crew drip
crash drum braid cross
dress bridge crab bread

page 34

(T) **fr**og; **gr**apes; **gr**ade; **fr**ame; **fr**uit; **gr**ass
freezer; **gr**oom; **fr**own; **fr**eckles; **gr**ill; **gr**aph

(B) frog grill frown graze
fruit graph grade freezer
grapes freckles frame grass

page 35

(T) **pr**esent; **tr**ee; **tr**ap; **pr**ice; **tr**ain; **pr**ay
propeller; **tr**ophy; **pr**ison; **pr**etzel; **tr**ack; **tr**ash

(B) triangle present tree train
price trophy pretzel prison
track trap pray princess

page 36

(T) **sk**ate; **sm**oke; **sn**eakers; **sp**oon; **sp**ider; **sk**irt
small; **sn**ake; **sk**unk; **sn**owman; **sm**ile; **sp**aghetti

(B)
sneakers	spaghetti	skirt	smoke
spoon	snowman	small	skates
smile	skunk	snake	spider

page 37

(T) **sc**ale; **st**ar; **sw**im; **st**and; **sc**hool; **sw**eater
stairs; **sw**ing; **st**amp; **sc**arf; **sw**itch; **sc**ore

(B)
sweater	score	stand	switch
stars	swim	scale	stamp
scarf	stairs	swing	school

page 38

(T) **scr**ew; **spl**it; **spr**ay; **squ**are; **str**aw; **spr**ing
stripes; **squ**irrel; **str**awberry; **scr**een; **spr**out; **spl**ash

(B)
straw	spring	screw	sprout
squirrel	string	splash	strawberry
split	screen	stripes	square

page 39

buses	knives	dogs
foxes	wives	rakes
churches	loaves	cans
brushes	berries	whales
glasses	copies	bears
matches	leaves	apples
dresses	cities	girls
benches	flies	saucers
buzzes	lives	bats

page 40

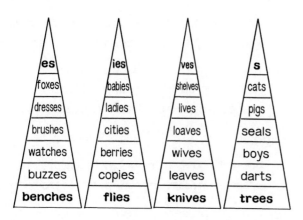

page 41

headed	cooked	copied
pointed	played	tried
sounded	mailed	hurried
painted	cleaned	spied
ended	kissed	replied
waited	closed	fried
landed	washed	emptied
counted	hoped	denied

page 42

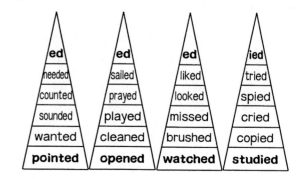

page 43

hopped	hopping
jogged	jogging
petted	petting
mapped	mapping
hugged	hugging
knitted	knitting
begged	begging
stopped	stopping
hummed	humming
shopped	shopping

page 44

baked	baking
used	using
shaved	shaving
skated	skating
raked	raking
closed	closing
sited	siting
danced	dancing
raised	raising
graded	grading

page 45

I am	you're	we have	I'll
you are	she's	they have	we've
he is	I'm	I will	you'll
she is	he's	you will	they've
it is	I've	he will	it'll
we are	they're	she will	we'll
they are	we're	it will	she'll
I have	it's	we will	he'll
you have	it's	they will	they'll
he has	she's	let us	isn't
she has	you've	are not	let's
it has	he's	is not	aren't
have not	hadn't	will not	don't
has not	haven't	do not	won't
had not	can't	does not	didn't
can not	hasn't	did not	doesn't

(Matching: I am–I'm, you are–you're, he is–he's, she is–she's; we have–we've, they have–they've, I will–I'll, you will–you'll; it is–it's, we are–we're, they are–they're, I have–I've; he will–he'll, she will–she'll, it will–it'll, we will–we'll; you have–you've, he has–he's, she has–she's, it has–it's; they will–they'll, let us–let's, are not–aren't, is not–isn't; have not–haven't, has not–hasn't, had not–hadn't, can not–can't; will not–won't, do not–don't, does not–doesn't, did not–didn't)

page 46

I am	I'm	she is	she's
it is	it's	you are	you're
I have	I've	he has	he's
we have	we've	you have	you've
he will	he'll	it will	it'll
they will	they'll	you will	you'll
are not	aren't	did not	didn't
have not	haven't	does not	doesn't
let us	let's	has not	hasn't
do not	don't	is not	isn't
we will	we'll	she will	she'll
can not	can't	I will	I'll
it has	it's	they have	they've
she has	she's	will not	won't
they are	they're	we are	we're
he is	he's	had not	hadn't

page 47

yesterday **3**	student **2**	wrinkles **2**
dog **1**	screwdriver **3**	economical **5**
shorts **1**	international **5**	decision **3**
doctor **2**	eraser **3**	witch **1**
bicycle **3**	robe **1**	signature **3**
chopsticks **2**	blouse **1**	church **1**
university **5**	dresses **2**	marker **2**
coins **1**	responsibillty **6**	congratulations **5**
pronounce **2**	important **3**	thumb **1**
phonics **2**	cooler **2**	daugther **2**
direction **3**	orange **2**	unfortunately **5**

page 48

Antonyms		Homonyms		Synonyms	
yes	small	two	tale	easy	join
big	no	tail	meat	connect	ill
good	bad	meet	to	sick	simple
rich	close	sail	role	big	little
on	off	sea	sale	quick	large
open	poor	roll	see	small	fast
hot	thin	blue	blew	present	gift
clean	cold	knew	hear	blend	pick
fat	dirty	here	new	choose	mix
tall	last	eight	male	ocean	say
first	noisy	mail	bee	middle	sea
quiet	short	be	ate	speak	center
long	frown	sole	heel	quit	auto
strong	short	heal	soul	car	stop
smile	weak	seem	seam	tardy	late

金字塔學習法讓發音學習簡單又有趣!

The Pyramid Method makes phonics *simple* and fun!

(S) -Students learn to sound out words, not just memorize them.
學習者學會辨音把字拼出來,而不是背單字而已。

(I) -Introduces pronunciation rules clearly in both English and Chinese.
中英對照,明確且有系統地介紹美式發音規則。

(M) -Meets all educational standards.
符合所有發音教學課程綱要。

(P) -Picture word association for easy learning retention.
使用圖、字、音的聯想,使學習生動有趣。

(L) -Learn English the natural and easy way!
以自然且容易的方式學發音。

(E) -Excellent resource for standardized testing.
準備各種聽力、口試測驗的絕佳資源。

The idea of using a pyramid comes from the concept of a good foundation. A good foundation is needed to build a solid pyramid. The same idea applies to learning English. If a solid ˋˋphonetic˝ foundation is established early, then you can continue to build on that foundation and your English skills will improve. By using these books, you will not only be guided by K.K. phonetics, but you'll also be learning the American way of sounding out words. They are especially designed to give you that solid foundation so you will want to continue practicing English throughout your life.

使用金字塔的用意在說明穩固的基礎對於精通英語的重要性。就如同建造一座堅固的金字塔必自底層著手,因此讀者在學習英語之初就應具備此基礎英語發音概念。
使用本套書,您不僅學會K.K.音標的發音,同時也學會美式的拼音法。
本套書著眼於幫助讀者建立此基礎發音概念,
對讀者日後學習英語將有莫大的益處。

Building Phonics
The Pyramid Method
Step by Step

4 hour MP3 可搭配專屬的MP3自行學習
A Complete Phonics Program 完整的發音課程
Answer Key / Word List (Included) 附贈一本解答手冊
Phōncards / Flashcards Available (108 Full Color Alphabet Phonics Playing Cards)
另可選購專屬教具 ˋˋ發音歡樂樸克卡˝ 及其閃示卡 (17.6x25.2cm)—各108張全彩發音遊戲卡